AF310039

NE LISEZ PAS

CECI, MESDAMES!

OU SI VOUS LE LISEZ, CHARMANTES JEUNES FEMMES,

DE GRACE, LISEZ-LE TOUT BAS!

PARIS

LIBRAIRIE DE AD. LAINÉ ET J. HAVARD

RUE DES SAINTS PÈRES, 19

1866

ÉPIGRAMMES

QUATRAINS

POÉSIES SATIRIQUES

Ne lisez pas
Ceci, Mesdames
Ou si vous le lisez, charmantes jeunes femmes
De grâce, lisez-le tout bas!

PARIS

LIBRAIRIE DE AD. LAINÉ ET J. HAVARD

Rue des Saints-Pères, 19.

Paris. — Imp. de Ad. Lainé et J. Havard, r. des Saints-Pères, 19.

Ah ! je vous y prends, Madame ! venez me
dire après cela que la femme n'est pas cu-
rieuse ! Vous ne savez donc pas quel danger
on court, en achetant un livre sans le con-
naître, sur la foi d'un titre séduisant ? Mais,
quant à moi, je n'aurai rien à me reprocher,
j'espère, vous étiez prévenue à temps. *Ne lisez
pas !* vous disais-je dès la première ligne... et

voilà déjà que vous feuilletez le maudit volume ! — Eh bien, soit ! puisque vous le
voulez absolument ; lisez donc mes *épigrammes*, mais n'allez pas au moins crier après
cela : « Quelle horreur ! Quel poëte malappris !
il parle mal des femmes !..» Pardon , Madame,
j'en ai dit et j'en dirai encore beaucoup de
bien ; lisez mes *élégies* et vous verrez.

« Pourquoi, cher Monsieur, vous lancer alors
dans l'épigramme ? C'est un genre détestable,
surtout lorsqu'il vient nous critiquer. » En
effet, Madame, mais l'épigramme comme la
satire est l'arme du poëte, sa légitime défense
quand on le blesse. Chaque être, dans la na-
ture, n'a-t-il pas une défense ? Le taureau a sa
corne, le cheval ses pieds, le lion ses dents et
ses griffes, l'abeille son aiguillon, et vous,
Madame, vous, si douce et si belle, vous dont
la peau éclatante ressemble au duvet de la
pêche, dont la fraîcheur se compare aux lis

et aux roses, vous dont la voix est plus har-
monieuse que le chant du rossignol durant
les nuits d'été, n'avez-vous jamais sur vos
lèvres, dont le sourire est toujours si gracieux,
un mot amer, une parole de dédain, qui
mettent souvent la mort dans l'âme de vos
admirateurs ?

Et vous voudriez que le poëte seul fût
sans armes pour se venger ? Ah ! soyez plus
juste, et laissez au moins à celui qui n'a
qu'une plume et qu'un peu de papier sous la
main le droit de rire de ceux qui l'ennuient
ou qui l'offensent. Le poëte, qui sait si bien
couronner de fleurs et de lauriers la femme
qu'il aime, ne pourrait-il pas de temps à autre
laisser quelques épines dans les bouquets
qu'il nous compose ? Ma foi ! tant pis pour
ceux qui vont s'y exposer ; moi, j'en ris, et ne
les plains guère.

Faites de même, Madame, croyez-moi, et

j'espère qu'alors mon petit volume vous dis-
traira pendant une heure ou deux. Puisse-
t-il faire naître un moment ce rire malin qui
nous charme en vous, et qui fait mourir de
dépit vos nombreuses rivales !

LE POÈTE

Le poëte, comme l'abeille,
Effleure la rose vermeille ;
Il va butinant tous les jours
Sans songer à rien qu'aux amours :
Mais qu'on l'attaque, il devient satirique
Et d'un vers malin il vous pique.

LA FEMME

La femme d'un peu loin est un être charmant,
Mais de loin voyez-la pour rester son amant.

A UNE COQUETTE FARDÉE

Tu parais jeune, Irma, mais tout bas on murmure
Que tu comptes dix ans de plus que ta figure.

ÉPIGRAMME

Les serments d'amoureux et les serments des belles
S'envolent dans les airs comme les hirondelles.

EN OFFRANT DES ROSES A UNE JEUNE FEMME

Les roses sont pour vous,
Et les épines sont, — ma foi ! pour les jaloux.

ÉPIGRAMME

Sais-tu bien, Isabelle,
Pourquoi je ne veux pas écouter tes serments ?
C'est tout simple, ma belle :
Fais-tu celui d'aimer quelqu'un, — tu mens.

ÉPIGRAMME

Torella, qui m'est peu favorable,
Me promet amour, fidélité,
Le printemps et l'automne et l'été,
Où notre baromètre aura six mois été
A variable.

INVITATION A SOUPER

Aux truffes deux faisans, six perdreaux en salmis,
Vous attendent ce soir. Puis on dit qu'Uranie
Pourrait bien s'y trouver. Oh ! pour lors, mes amis,
Prenez garde à vos cœurs ; sa verve est infinie,
Et pour plaire à souper tout lui sera permis,
Mensonge, médisance et même calomnie.

SOUHAIT D'UN VIVEUR

La veille de ma mort, je voudrais, ma parole !
Si j'avais le pouvoir de dominer mon mal,
Boire du chambertin, chanter la barcarolle,
Valser, faire des vers et monter à cheval.

SUR UN MÉDECIN

Je veux vous rendre immortel,
Docteur, comme tel ou tel ;
Oui, c'est là mon entreprise.
— Est-ce pour mon talent ? — Non, pour votre bêtise.

SUR LE MÊME

Tu fus, docteur Anterre,
    Assurément
Bien nommé par ton père ;
Car tu mets promptement
Tes malades en terre.

IDEM

« Que vous dois-je, docteur, pour toutes vos visites ?
— Je crois bien, mon cher comte, environ deux cents francs.
— Comment! dix louis d'or, pour m'avoir en deux ans
        Donné trois gastrites ? »

IDEM

« Bonjour, docteur, comment va votre femme ? »
— Très-mal, mon cher, elle va rendre l'âme.
« Quel sort affreux! j'y courais de ce pas.
        — Qui donc la soigne ? »
·— Eh ! confrère, c'est moi. — Peste! alors je m'éloigne ;
Mais je serai, pour sûr, demain à son trépas.

DIALOGUE

ENTRE DEUX MÉDECINS

« Quel affreux moment, docteur !
Nous mourrons tous, j'en ai peur ;
Choléra, puis cholérines,
Et typhus, et puis angines ;
(Voilà bien un vilain sphinx !)
Que faites-vous au larynx ?
— Je donne du pain d'épice ;
Mais j'en vois mourir beaucoup. »
— Je le crois bien pour le coup ;
Que le ciel vous soit propice ! »

CONTRE UN PÉDANT

« Pourquoi, me dit un soir, un de ces élégants
Qui pour montrer sa main ôtait souvent ses gants,
Ne composez-vous pas un beau poëme épique ?
Je voudrais, cher Monsieur, que le genre tragique
Fût cultivé par vous à l'égal du comique.
Vraiment, par Apollon ! je n'aime point ces vers
Petits, courts, inégaux et transcrits de travers,
   Qu'on appelle épigramme.
— Je le crois bien, marquis, sans cesse elle déclame
Contre les sots pédants. — Eh bien, en votre honneur,
   Je change de programme. »
Mais je mentis, hélas ! à ce jeune seigneur,
Car je fis, en rentrant, sur lui cette épigramme.

QUATRAIN

Ma raison disait : Non, et mon cœur disait : Oui.
C'était bien là l'ennui ;
Mais il en est ainsi, chaque jour, en ce monde ;
Pourquoi ça? — Je ne sais ! — Qu'un sorcier vous réponde.

A DEUX AMOURS

« A qui portez-vous ces deux cœurs ?
A votre belle sans nul doute ?
— Avant vous, chers enfants, je m'étais mis en route ;
Car je suis le premier de ses adorateurs. — »

BOUTADE

O paresse ! ô paresse !
Que ne puis-je un beau jour te saisir par ta tresse,
Pour te traîner à travers monts et vaux ,
Toi qui réduis à rien les plus nobles travaux !

INSCRIPTION

Ce tableau de l'hiver que ton fusain crayonne
Est si vrai, Dieu pardonne !
Qu'en le voyant je gèle et je frissonne.

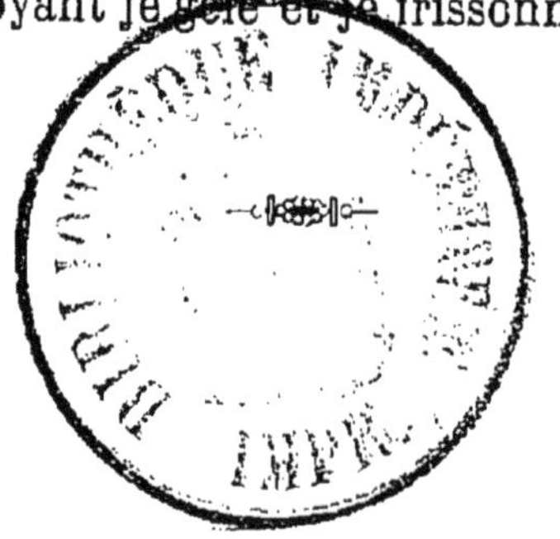

2.

AMOUR DE JEUNE FILLE

En ce siècle qu'on dit charmant,
Sortie à peine du couvent,
Une jeune fille se vend
Pour un écrin de diamant;
Pour un châle de cachemire
  Elle admire,
Oublieuse de son printemps,
Un vieux marquis de soixante ans.

SUR LE MARIAGE

Quoi ! pour te marier, infortuné garçon,
Aux Arabes, hélas ! tu vas payer rançon
    Afin de sortir d'esclavage ?
    Ceci me paraît fort peu sage !
Car bien plus volontiers, pour te revoir garçon
    Après un mois de mariage,
    Tu payerais double rançon
Afin de rencontrer un moins dur esclavage
    Chez quelque bon peuple sauvage.

MARIAGE D'ARGENT

Tu vas te marier,
Et pour quelques billets, pour des coupons de rentes,
Mauvais chiffons de papier,
Tu vas sacrifier
Jeunes filles charmantes,
Grâce, amour et beauté, trésors de la jeunesse,
Qui valent cent fois mieux que ceux de la richesse !

SAGE CONSEIL

Vous n'avez pas de chance, ô ma pauvre Corinne !
Celui que vous aimiez, triste et funeste sort,
De la poitrine
Est mort.
L'autre qu'on vous propose est mourant d'une angine ;
Ah ! croyez-moi, chère cousine,
Le monde se fait vieux
Et devient fort peu sage ;
Or vous feriez bien mieux
De laisser là le mariage.

SUR UN BAL

Nous sommes en plein carnaval ;
Demain, chez un monsieur de l'Eure,
Je vais au bal.
Mais, quand j'y suis, vraiment j'y pleure,
Tant chez lui tout est glacial :
Lui, sa femme, sa fille et sa sombre demeure !

SUR UNE VISITE

Pour avoir fait visite, environ un quart d'heure,
A quelque noble dame à la riche demeure,
Et pour avoir suivi l'étiquette et ses lois,
Je suis à demi mort depuis près de six mois.

A UN BAVARD

QUI BLAMAIT LA TOILETTE DES FEMMES

Après avoir parlé longuement du corsage,
        Ne serait-il pas sage
        De descendre plus bas ,
Et de parler un peu des souliers et des bas ?

SUR DUPIN

Or Dupin, se faisant vieux,
Dans un discours, sur la femme
Se permit un léger blâme.
Il ne s'en trouva pas mieux :
L'an d'après, il rendait l'âme.

SATIRE

MOEURS DU JOUR

Voulez-vous être aimé d'une belle Française?
       Oh ! prenez-en tout à votre aise !
Vous n'avez pas besoin de lui montrer d'amour,
       Ni de soupirer nuit et jour;
Gardez pour l'Espagnole et pour la blonde Anglaise
       Vos grandes manières de cour.
En France maintenant trop de respect nous lasse,
       En ce charmant pays tout passe,
Et ce qui fut jadis de mode et de bon ton
       N'est plus admis qu'à Charenton.

Prenez un air léger pour plaire à nos comtesses,
  Et, pour briller chez nos duchesses,
Parlez haut et sans crainte : on aime le frondeur,
  Qui dit sans honte, sans pudeur,
Ce que femme de bien ne devrait point entendre,
  Sans crier au moins : « Quel esclandre ! »
Ce n'était pas ainsi du temps de nos grands rois :
  Mais nous avons changé de lois,
D'usage et d'habitude, et nos mœurs mal assises
Font reculer d'horreur nos plus vieilles marquises.

CHASSE MANQUÉE !

En chassant la bartavelle,
J'apprends que Pauline a fui,
Comme le chien de Nivelle
Qui s'encourt quand on l'appelle ;
Il est vrai ! c'est un ennui.

Avec elle la fortune
Est partie, et tient rancune
A moi, qui lui veux du bien,
Et, sans lui demander rien ,
Ne désire que des rentes
En espèces fort sonnantes.

Je veux encore à mon choix
Un frais et charmant minois
Où les lis blancs, où les roses
Paraissent à peine écloses,
Comme il en naît au printemps
Dans nos jardins éclatants.

Tout cela te manque, Irène;
Dieu garde que je te prenne!
On trouve toujours à temps
Des filles de vingt-huit ans.

SUR L'ÉPIGRAMME

Quel genre affreux que l'épigramme !
Je suis de votre avis, Madame ;
Mais pourquoi le Français malin
Aime-t-il autant la satire ?
    Un mot badin
    Toujours l'attire.
Faites une œuvre d'art, parbleu ! si vous voulez ;
Bientôt dans l'oubli vous roulez :
Mais, pour un seul mot équivoque,
Vous devenez le héros de l'époque.

IDEM

Je m'étais promis dès l'enfance
De ne jamais faire de vers
Pour la satire. — Est-ce un genre pervers !
Mais on l'aime tant en France
Que, pour plaire à mes amis,
Pour vous plaire aussi, Madame,
Je me suis parfois permis
D'aiguiser une épigramme.

3.

L'ACADÉMICIEN

Si vous voulez me voir de notre Académie,
                    Ma mie,
Donnez-moi seulement à baiser votre main,
                    Et j'en serai demain.
Ne vous en fâchez pas, recteur d'Académie :
                    Ne faut-il pas jaser
                    Et promettre à sa mie
Tout, — lorsque l'impossible est le prix d'un baiser ?

IMMORTEL

TOUT COMME UN AUTRE

Je veux être immortel
Par l'ode ou l'élégie,
Telle est ma fantaisie !
Si je n'arrive pas comme Monsieur un Tel,
J'arriverai, Madame,
Bien sûr, par l'épigramme.

PLAINTES DU DOCTEUR ANTERRE

« Pourquoi, mon cher Monsieur, sur moi tant d'épigrammes ?
Oh ! vous en avez fait pour bien des centigrammes.
      — Que voulez-vous, docteur !
        A tout seigneur
        Rendons honneur !
Par vos poisons maudits, je me vois incapable
De monter à cheval et de manger à table.
        Rendons honneur
        A tout seigneur !
Oui, parbleu ! je l'ai dit, et je maintiens la chose :
Je vous offre l'épine et je garde la rose.

MES TROIS ENFANTS

J'ai mis au monde dans ma vie
Trois enfants
Ravissants :
Une fille aux yeux bleus qu'on appelle *Élégie*.

Oui ! trois enfants
Ravissants !
En ferez-vous autant, Madame ?
Un garçon plein d'esprit, qui n'aura pas d'égaux
Pour composer des *Madrigaux ;*
Puis une fille encor que l'on nomme *Épigramme*.

PAUVRES POÈTES !

En France
On ne lit plus de vers !
C'est un siècle pervers ;
On le dit, on le pense.

Tout va bien à part ça !
Écrits de Rigolboche,
Chansons de Thérésa,
Se glissent dans la poche.

Mais lire des vers
Oh ! fi donc, Madame !
Est un tel travers,
Qu'il faut avoir vendu son âme
Pour lire des vers !

CAPRICE

Oh ! combien j'ai vu d'amours
Qui n'ont pas duré trois jours,
Qui n'ont pas eu la durée
D'une soirée !

Quoi ! votre amour, Madame, est né vers le printemps,
Et vous aimez encor, bien qu'on soit en automne !
De tant d'amour chacun s'étonne :
En France aimer six mois est pour nous si longtemps !

Je sais des cœurs inconstants
Qui trouveraient monotone
De compter ainsi le temps...
Jusqu'à l'automne.

AUX FRANÇAISES

Faisons la paix, et sans rancune
Aucune
Donnez-moi votre main,
Jeunes femmes charmantes.
Je chanterai demain
Les fidèles amantes.

Et si parfois la rime de travers
Se glisse dans mes vers,
Oh ! ne m'en voulez pas, adorables Françaises:
Ce n'est pas ma faute, après tout,
Si ma muse volage a souvent le bon goût
De me faire chanter la beauté des Anglaises.

9 782019 695798